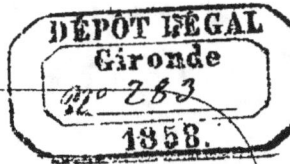
LAURA

PAR

A. GODEFROY HUGON.

I0548018

BORDEAUX,
IMPRIMERIE DE Vᵉ JUSTIN DUPUY ET COMP.,
Rue Gouvion, 20.

1859

LAURA.

LAURA

PAR

A. GODEFROY HUGON.

BORDEAUX,

IMPRIMERIE DE Vᵉ JUSTIN DUPUY ET COMP.,

Rue Gouvion, 20.

1859

A HIPPOLYTE MINIER.

~~~~~

Pauvre Laura ! ..

I.

Souveraine des mers , dont le front étincelle
Comme l'or au soleil , ô Venise la belle ,
Toi qui parais si grande au sein des horizons ,
Toi qui du ciel des nuits contemples les étoiles
Se mirant dans les flots entre les blanches voiles
    Que diamantent leurs rayons ;

Et vous qui possédez ces palais magnifiques,
Aux lambris empourprés, aux sublimes portiques,
Puissants! vous qui coulez des jours calmes et doux,
Restez, restez heureux! Sous mon humble chaumière,
J'ai plus que vos palais, que votre or, je suis père!
  Oui, je suis plus heureux que vous.

Viens donc, viens près de moi, pauvre enfant que j'adore,
Toi seule m'appartiens! Oh! viens plus près encore!
Mon ange bien-aimé, ma Laura, souris-moi;
Souris-moi, ma Laura: ton sourire est ma vie,
Ton regard est mon ciel, ta voix ma poésie;
  Mon Dieu, mon univers, c'est toi!

Ainsi parlait Péblo, vieux pêcheur de Venise,
Assis au bord des flots que soulevait la brise;
Son œil rempli de joie et d'orgueil se penchait
Vers une jeune enfant sur ses genoux bercée,
Qui de ses mains tenait sa rude main pressée
  Et tendrement lui souriait.

Le front de cette enfant était pur et candide,
Ses yeux étaient baissés, sa voix frêle et timide;

De ses beaux cheveux noirs les longs anneaux mouvants
Frémissaient en glissant sur ses blanches épaules.
On eût dit les soupirs harmonieux des saules
    Qui gémissent près des torrents.

Les contours gracieux de sa taille élancée,
Comme une tige au vent du matin balancée,
S'inclinaient, s'abritaient près du cœur paternel ;
Et comme les parfums qui s'exhalent des roses,
Son haleine fuyait de ses lèvres mi-closes,
    Brillant d'un sourire éternel.

Combien Péblo l'aimait !... En extase ravie,
Son âme, dans ses yeux, puisait toute sa vie ;
Un regard de Laura consolait ses douleurs.
C'était le don d'amour d'une épouse fidèle,
Et la dernière enfant qui tarit sa mamelle,
    Buvant un lait mêlé de pleurs !

C'était l'ange adoré, gardien de sa chaumière,
Sa consolation au sein de la misère.
Souvent il la pressait sur sa poitrine en feu ;
Et quand l'heure arrivait où l'âtre nous rassemble,

Près du même foyer ils élevaient ensemble
　　Leur âme et leur prière à Dieu.

Qu'elle était bien ainsi ! Laura, la jeune fille,
Tantôt alerte, vive, et folâtre et gentille,
Tantôt agenouillée et doucement priant ;
On eût dit, à la voir si modeste et si belle,
Un ange descendu de la voûte éternelle
　　Pour se reposer un instant.

II.

Les brises s'enfuyaient légères et plaintives ;
L'Orient étalait ses trésors de rayons ;
De naissantes clartés, en colorant les rives,
Dissipaient les brouillards des sombres horizons.

Les barques des pêcheurs, au sein des mers bercées,
Retentissaient des chants des joyeux matelots ;
Puis les voix expiraient, et les voiles pressées,
Comme un duvet neigeux mollement balancées,
S'effaçaient, se perdaient dans le lointain des flots.

Un seul esquif restait. Sa voile palpitante,
Qu'arrondissait la brise allait fuir loin des yeux,
Lorsqu'une faible voix, timide et murmurante,
Comme un baiser d'adieu d'une bouche mourante,
Monta lentement vers les cieux.

Elle disait : Vierge Marie,
Vous qui préservez des malheurs,
Vous qui des flots apaisez la furie,
Protégez les pauvres pêcheurs !

Soyez pour eux le souffle de la voile
Et guidez leurs esquifs légers !
Soyez pour eux la bonne étoile
Qui brille au milieu des dangers !

Vous qui des vents apaisez la furie,
Vous qui préservez des malheurs,
Vierge sainte, Vierge Marie,
Protégez les pauvres pêcheurs !

Mère ! sauvez-les de l'orage ;
Vers le port conduisez-les tous !

Devant votre divine image
Nous irons prier à genoux !

Vous qui des vents apaisez la furie,
Vous qui préservez des malheurs,
Vierge sainte, Vierge Marie,
Protégez les pauvres pêcheurs !

L'hymne se tut.... Longtemps de la douce prière
Les sons harmonieux roulèrent sur les flots ;
Longtemps un dernier bruit vibra dans les échos,
Et la plage resta muette et solitaire.

On n'entendait que l'alcyon plaintif,
Qui, lassé d'affronter la vague conjurée,
Effleurait lentement de son aile azurée
Les sillons argentés qu'avait tracés l'esquif.

. . . .
. . . .
. . . .
. . . .

Quand le jour disparut, à l'heure où la nuit sombre
S'étendit dans les cieux, on entendait frémir
Les chants des matelots, qui s'élevaient dans l'ombre,
Et Laura de retour semblait encor gémir :

Vous qui des vents apaisez la furie,
Vous qui préservez des malheurs,
Vierge sainte, Vierge Marie,
Protégez les pauvres pêcheurs !

III.

Le soleil éclatant montait dans les nuages ;
Les pêcheurs empressés couraient vers les rivages ;
Les voiles se gonflaient aux caprices des airs ;
A l'Orient lointain apparaissait Venise,
Venise étincelante et qui semblait assise
Sur un trône d'azur au sein des vastes mers.

Comme une blanche fleur que les vents ont ployée,
Sur le bras de Péblo faiblement appuyée,

Laura, la pauvre enfant, le cœur rempli d'émoi,
Disait en soupirant : Oh! laisse-moi te suivre!
Désormais, loin de toi, je ne pourrais plus vivre,
Moi! ta si douce enfant... mon père, emmène-moi!

Emmène-moi vers ces plages nouvelles,
Où les petits oiseaux, cachés parmi les fleurs,
Composent leurs doux nids du duvet de leurs ailes :
Là, nous serons peut-être à l'abri des malheurs.

Mais non!.... reste avec moi, mon père! reste encore,
Attends jusqu'à demain le lever de l'aurore!
De noirs pressentiments, vois-tu, me font souffrir.
Elle n'a qu'un appui, ta fille infortunée...
Si tu pars, je serai toujours abandonnée.
Oh! laisse-moi te suivre, ou laisse-moi mourir!

Et Péblo, sous le poids d'une affreuse pensée,
Concentrant les sanglots dans son âme oppressée,
De toute une agonie épuisait les douleurs.
Il pencha vers Laura ses lèvres frémissantes,
Et détournant ses yeux pleins de larmes tremblantes,
Il s'enfuit pour cacher son visage et ses pleurs.

Il s'enfuit.... et loin de la rive
L'esquif, dans son rapide cours
Disparut... Attendant toujours,
Toujours délirante et plaintive,
La pauvre jeune fille en pleurs,
A genoux ; près de la Madone,
Disait : ô Vierge ! ô ma patrone,
Prenez pitié de mes douleurs !....

IV.

L'autan grondait... Les cieux se montraient gros d'orages ;
Les flots amoncelés, dévorant les rivages,
Roulaient et bondissaient en écumeux débris ;
Les vents impétueux, le fracas du tonnerre,
Ensemble confondant leur immense colère,
      Hurlaient d'horribles cris.

Les rapides éclairs, en sillonnant les nues,
Embrasaient l'horizon de clartés inconnues ;
De sourds mugissements montaient de toutes parts ;

Tandis qu'abandonnée et sur la grève errante,
Une enfant attendait, inquiète et tremblante,
     Promenant au loin ses regards.

Là, ses yeux désolés interrogeant l'espace,
De l'esquif paternel.cherchaient en vain la trace;
Ses longs cheveux épars flottaient au gré des vents...
Ainsi, quand l'ouragan gronde, on voit l'hirondelle
S'arrêter fatiguée et reposer son aile
     Sur les mâts des vaisseaux errants.

Hélas! depuis ce jour, sur les sables humides,
Souvent Laura venait porter ses pas timides.
Reviens, Péblo!... reviens!... disait-elle tout bas.
Et priant à genoux elle attendait l'aurore;
Quand l'aurore venait, elle attendait encore :
Elle attendit longtemps... mais il ne revint pas!